Ditte Clemens

Vorfreude ohne Freude

VERLAG

Ditte Clemens

VORFREUDE OHNE FREUDE

und andere humorvolle

WEIHNACHTSGESCHICHTEN

Mit Illustrationen von
Jürgen Mania

MV Taschenbuch

Illustrationen und Titelbild: Jürgen Mania
Texterfassung und Vertrieb: Büro + Service GmbH Rostock
Herstellung: dbusiness.de GmbH, Berlin

ISBN 3-89954-109-X

Inhalt

Vorfreude ohne Freude

Was Henrik einmal werden wollte, wußte er am 1. Dezember noch nicht. Als er jedoch an diesem Tag wieder einmal mit einer Sechs nach Hause kam, wünschte er sich, ein Eiskunstläufer zu sein. Er stellte sich vor, wie die Mutter ihm den Adventskranz um den Hals legte. Sie hißte das Geschirrtuch wie eine Fahne, sang eine Hymne und fotografierte den Sieger. Da er diese Note aber für Orthographie erhalten hatte, waren solche Ehrungen nicht zu erwarten.

Und da es nicht die erste Sechs war, wertete die Mutter dieses Diktat auch nicht mehr als Ausrutscher. „Das haut mich um", sagte sie und mußte sich setzen. Lange starrte sie auf die Heftseite. Der Rotstift von Fräulein Möwe hatte sich wie ein Metzgerbeil an Henriks Worten ausgetobt. „Was mach' ich nur mit dir?" fragte die Mutter mehr sich selbst. Sie blies ihre ganze Enttäuschung durch Mund und Nase, daß die Heiligen Drei Könige auf dem Pyramidenteller rannten, als wäre Fräulein Möwe hinter ihnen her. Henriks Mutter war vor Ärger rot wie ein Nikolausstiefel. Und weil sie dazu noch so traurig blickte, wie die Schafe neben den drei Königen, wünschte sich Henrik, Apotheker zu sein. Dann würde er ihr jetzt gleich ein paar Beruhigungstropfen geben.

Was die Mutter mit ihm machen würde, hatte Henrik schon geahnt, bevor sie es aussprach. Deshalb war er sich auch ganz sicher, die Fähigkeit für einen guten Kriminalisten zu haben. Ziemlich gelassen vernahm er, daß sie jeden Tag mit ihm ein Diktat schreiben würde.

Henrik kannte nur einen Menschen auf der Welt, der sich darüber freuen würde, das war Fräulein Möwe. Diese war sehr verwundert, daß der Nikolaus ihrem nicht gerade fleißigen Schüler Henrik überhaupt etwas in den Stiefel gesteckt hatte. Daß es in diesem Jahr aber nur eine Tafel Schokolade und ein Duden waren, erzählte Henrik ihr nicht. Er verschwieg auch seinen Klassenkameraden, was er an den Nachmittagen tun mußte.

Henrik schlenderte nicht über den Weihnachtsmarkt, er knackte keine Nüsse und schaffte es nicht einmal auszuprobieren, ob das Räuchermännchen noch raucht, wenn man ihm einen Kaugummi in den Mund steckt. Henrik schrieb sich die Finger wund. Er sah kein Fernsehprogramm mehr. Er blickte nur noch auf den Mund seiner Mutter, die sich bemühte, so langsam und so deutlich wie Fräulein Möwe zu sprechen. Henrik wußte, Lehrer war kein Beruf für ihn.

Aus dem Radio jubelten Chöre: „Freude zieht in jedes Haus." Eine Rundfunksprecherin sagte, daß sich alle Kinder, die sich jetzt besonders unglücklich fühlen, melden sollen. Henrik rief nicht an. Er wußte zwar am 7. Dezember noch immer nicht, was er einmal werden wollte, aber einer, der seine Mutter verpfiff, wollte er niemals sein.

Von Diktat zu Diktat fühlte er sich schlechter. Die Tage vom ersten bis zum vierundzwanzigsten Dezember waren sowieso die längsten im Jahr. Nun wurden sie auch die qualvollsten für ihn. Dazu kam, daß seine Mutter immer unzufriedener mit seinem Körper wurde.

Am 12. Dezember taugten seine Ohren nichts mehr.

„Hörst du denn nicht, daß man Berg mit g und nicht mit k schreibt?“ Henrik vernahm es erst, wenn aus einem Berg mehrere Berge wurden. Als seine Mutter ihm diktierte, „auf den höchsten Berg“ zu steigen, versagten seine Ohren erneut. „Der höchste, der höchste, der höchste“, rief die Mutter, „da ist doch ein ch in der Mitte.“

Sie krächzte wie der Ausguß, wenn Henrik eine Lösung aus Essig, Cola und Backpulver ins Waschbecken goß. Denn manchmal probierte er aus, ob er nicht auch zum Chemiker taugte. Obwohl er seine Hand zum Schwur erhob und behauptetet: „Jetzt höre ich gar nichts mehr“, glaubte ihm die Mutter nicht.

Am 16. Dezember bescheinigte sie ihrem Sohn; kein Gefühl zu haben. „Spürst du denn nicht, daß da ein Komma hinkommt?“

„Wie spürt man das?“ fragte Henrik, weil er gern gewußt hätte, wie sich ein Komma in seinem Körper bemerkbar macht. Seine Mutter blickte lange zum Nußknacker, zuckte mit den Schultern und sagte: „Man spürt es eben, oder man spürt es nicht.“

Sie wurde Fräulein Möwe immer ähnlicher. Die bekam auch immer Schmerzen, wenn er „das Eimer“ sagte. Dabei fand Henrik, daß sich „das Eimer“ gar nicht mehr so verkehrt anhörte, je öfter man es aussprach. Schmerzen bereitete ihm nur das tägliche Diktat mit der Mutter. Der Magen tat ihm schon weh, wenn er nur daran dachte. Voller Neid betrachtete er den Nußknacker, der in der vorweihnachtlichen Zeit, ganz im Gegensatz zu ihm, noch nichts leisten mußte.

Fernsehansager müßte man sein, dachte Henrik. So einer muß komplizierte Wörter nur aussprechen.

Am 23. Dezember schrieb Henrik sein Abschlußdiktat bei der Mutter. Er war noch aufgeregter als bei

Fräulein Möwe. Er wünschte sich, ein Zauberkünstler zu sein, der sich die besten Ohren und Gefühle für Kommas herbeizaubern konnte. In diesem Diktat hatte Henrik Gefühl bewiesen, allerdings viel zu viel. Zehn der kleinen Striche waren nach Ansicht der Mutter völlig überflüssig.

Henrik hob erneut die Hand zum Schwur. „Du hast beim ‚größten Berg' ganz laut gekrächzt", beteuerte er. Und überhaupt fand er es gar nicht logisch, daß „das Höchste" ein „ch" hatte und „das Größte" völlig ohne auskommen sollte. Aber bei Fräulein Möwe mußte er ja auch das Wort „das" einmal mit „s" und einmal mit Doppel-„s" schreiben. Sie verriet ihm nie, wie sie es gerade haben wollte.

„Die verdammte Rechtschreibung begreife ich nie", schrie Henrik. „Dann wirst du nie einen anständigen Beruf erlernen", sagte die Mutter und knallte so mit der Faust auf den Tisch, daß die Heiligen Drei Könige wie Lämmerschwänze hüpften. In diesem Moment wünschte sich Henrik, ein Weihnachtsmann zu sein, der seiner Mutter nichts schenkte. Und während er sich vorstellte, wie sie dann gucken würde, fiel ihm ein, daß er noch gar nichts für sie gekauft hatte. Ihm blieb nur noch der Heiligabend.

Eine Verkäuferin nannte Henrik einen Angstkäufer. Er erklärte ihr, daß er in den letzten Wochen so eine Art vielbeschäftigter Schriftsteller gewesen war. Er sah es ihr an, daß sie ihm nicht glaubte. Wütend verließ er den Laden und kaufte im Geschäft nebenan von seinem ganzen Geld Süßigkeiten. Schließlich hatte er einen ziemlich großen Nachholebedarf, da in seinem Nikolausstiefel ja nur der Duden und eine kleine Tafel Schokolade gelegen hatten. Und heute war schon der 24. Dezember.

Bei dem Verschlingen der Zuckerwatte, der kandierten Äpfel und der drei Weihnachtsmänner grübelte er, wie er seine Mutter überraschen könnte, ohne einen Pfennig dafür zu bezahlen. Plötzlich hatte er eine Idee.

Henrik rannte nach Hause und nahm sich sogleich den Duden vor. Seine Mutter registrierte das mit großer Zufriedenheit. Sie wunderte sich jedoch, daß er kein Mittagessen wollte. „Vielleicht habe ich dich in der letzten Zeit doch etwas überfordert", sagte sie und schüttete den Kartoffelsalat auf Henriks Teller in die große Schüssel zurück. Nachdem er sich eine Weile in seinem Zimmer eingeschlossen hatte, ging er zu seiner Mutter in die Küche und teilte ihr mit wichtiger Miene mit: „Ich muß für dein Geschenk noch einmal in die Stadt."

„So viel Heimlichkeit in der Weihnachtszeit", trällerte er beim Hinausgehen. „Aber sei pünktlich, um 17.00 Uhr ist Bescherung", sagte die Mutter.

Henrik war sogar eine halbe Stunde eher da, verschwand jedoch gleich wieder in seinem Zimmer. Er bat die Mutter, ihn auf keinen Fall zu stören. Sie hatte nichts dagegen, daß sie sich in diesem Jahr mit Verspätung beschenkten.

Henrik überreichte ihr mit roten Wangen eine Mappe. Die Augen der Mutter leuchteten. „Ich ahne etwas", sagte sie, „Diktate, nicht wahr?"

„Ja", antwortete Henrik, „aber nicht von mir." Die Augen der Mutter verloren an Glanz. „Nun schau doch erst einmal", forderte Henrik sie auf. Die Mutter blätterte. Auf jedem Zettel standen zehn Wörter mit unterschiedlichen Handschriften, dann folgten Berufsbezeichnungen. Henrik hatte lange nach den zehn Wörtern gesucht. Es sollten schon solche sein, mit denen Erwachsene täglich zu tun hatten, und so entschied er sich für Eau de Cologne, Worcestersoße, Drainage, Jalousie, Walkie-Talkie, Bronchitis und andere Alltäglichkeiten. Da die Mutter noch immer nicht begriff, was sie da in den Händen hielt, erklärte es Henrik ihr. „Zuerst wollte keiner mitmachen, aber dann habe ich gesagt, daß ich einmal Journalist werden will und deshalb heute schon übe, andere zu befragen." Er war beim Apotheker, bei der Verkäuferin aus dem Bäckerladen, beim Busfahrer, beim Briefträger, bei einem Polizisten und bei einer Nachbarin, die als Sekretärin arbeitet.

Weil Heiligabend war und weil Henrik beim Leben der Heiligen Drei Könige geschworen hatte, diese Arbeiten nirgendwo zu veröffentlichen, hatten alle die zehn von ihm diktierten Begriffe aufgeschrieben. Später hatte Henrik dann die Berufe der Schreiber darunter gesetzt. Diese Information erschien ihm besonders wichtig. Die letzte Seite enthielt eine Zensurenübersicht unter der Überschrift „Bewertung der Diktate von Menschen mit anständigen Berufen". Eine Eins und selbst eine Zwei hatte niemand erreicht.

Die Mutter blätterte lange in der Mappe. Dann mußte sie lachen, als sie sah, wie der Apotheker Drainage geschrieben hatte. „Ach", sagte sie, „die verdammte Rechtschreibung ist schon ein Problem."

„Ein Wahnsinnsproblem", meinte Henrik, „das man bestimmt nicht in einem Monat in den Griff bekommt". Genau das wollte er der Mutter den ganzen Dezember begreiflich machen. Vielleicht hatte er es mit seiner Weihnachtsüberraschung geschafft. Aber das und auch die Wahl seines Berufes waren in diesem Augenblick, als er seine Geschenke auspackte, völlig unwichtig.

Die Wünsche der Tiere

„Das meinst du nicht ernst", sagte Willi, als er hörte, was seine Frau ihm zu so später Stunde im Bett vorschlug. „Nein, so etwas, die Kuh, den Hahn und das Huhn fragen, ob sie sich etwas zu Weihnachten wünschen." Der Mann faßte seiner Anna an die Stirn. Fieber hatte sie nicht, und außerdem war sie gerade erst Sechsundsechzig geworden, in so einem Alter redet man doch noch nicht wirr. Doch Anna ließ nicht locker. „Ich denke", sagte sie, „unsere Tiere haben ganz bestimmt Weihnachtswünsche." Willi schüttelte energisch seinen Kopf „1. halte ich das für ausgeschlossen, 2. habe ich noch nie gehört, daß sie auch nur ein Wort zu uns gesagt haben und 3. ist das zum Totlachen." Anna drehte sich auf die andere Seite und sagte: „Wir haben sie ja auch noch nie nach ihren Wünschen gefragt." Willi konnte die ganze Nacht nicht richtig schlafen. Morgens ging er wie immer in den Stall und melkte die Kuh. Mehr zu sich selbst sagte er: „Na, meine Gute, du wünscht dir doch ganz bestimmt nichts zu Weihnachten." Als die Kuh plötzlich antwortete: „Aber doch, und endlich will es mal einer wissen", fiel Willi wie vom Donner gerührt vom Melkschemel. Wenn die Kuh ihm nicht mit ein paar freundlichen Worten ihren Schwanz gereicht hätte, an dem er sich hochziehen sollte, wäre Willi nicht so schnell wieder auf die Beine gekommen. Er sah seiner Kuh in die Augen und hörte ganz deutlich ihren Wunsch zu Weihnachten.

Noch völlig benommen, ging er in den Hühnerstall, dort hockten Hahn und Huhn eng beieinander auf der Stange.

Leise fragte er, ob sie sich auch etwas zu Weihnachten wünschten. Der Hahn krähte gleich dreimal hintereinander und jubelte: „Endlich wird unsereins auch einmal gefragt.“ Dem Huhn standen Tränen in den Augen. „Ich bin sprachlos“, schluchzte es und bekundete, daß es sich genau das gleiche zu Weihnachten wünschte wie ihr geliebter Hahn.

Willi ging mit schlotternden Beinen in die Küche, ließ sich auf den Stuhl fallen, den Anna ihm unter den Hintern schob, und nahm einen kräftigen Schluck von dem starken Kaffee. „Na“, fragte sie, „was haben sich die drei gewünscht?“

„Sehr sonderbare Dinge“, antwortete Willi. Als er die Wünsche genannt hatte, schlug Anna sogleich vor, an den Weihnachtsmann zu schreiben. „Wer weiß“, jammerte Willi, „ob er sich auf so etwas einläßt. Ich denke eher, wir werden ihn gar nicht zu sehen bekommen.“

„Sag nicht so etwas“, unterbrach ihn Anna, „er ist einer, der immer sein Möglichstes tut.“

Nach dem Abschicken des Briefes war Willi schon etwas aufgeregt, aber drei Tage vor Heiligabend ganz doll. Den Tieren ging es ähnlich. Die Kuh war so durcheinander, daß sie nur noch saure Milch gab. Der Hahn krähte mitten in der Nacht. Das Huhn war verstopft und konnte kein Ei mehr legen. Und Willi vergaß sich zu rasieren. Bei jedem Gutenachtkuß, den der stoppelbärtige Willi seiner Frau gab, dachte Anna, wenn nur endlich Weihnachten wäre.

Und dann war es soweit. Am späten Nachmittag vom Heiligabend schmückten Anna und Willi den Tannenbaum, und dann machten sie etwas, was sie in ihrem langen Leben noch nie getan hatten, sie luden ihre Tiere in ihre gute Stube ein.

Hahn und Huhn nahmen eng aneinander geschmiegt auf einer Stuhllehne Platz. Nur die Kuh wurde gebeten, sich wegen ihres beträchtlichen Gewichtes nicht hinzusetzen. „Das hatte ich auch nicht vor“, sagte diese, „unsereins steht sowieso am liebsten, oder hat man je eine Kuh auf einem Sofa gesehen?“

Und damit die Zeit bis zur Bescherung schneller verging, sangen Anna und Willi den Tieren ein Lied. Beim letzten Ton pochte es an der Tür. „Kommt jetzt der Weihnachtsmann?“ fragte Willi. „Wer denn sonst“, sagte Anna.

Und dann stand er vor ihnen. „Da habt ihr mir ja was aufgebrummt“, sagte er und bat die Kuh zu sich. Die wedelte vor Aufregung mit ihrem Schwanz wie ein Hund und ratterte bis zur Hälfte ihr Gedicht herunter. Dann ließ sie ihren Schwanz hängen und sagte: „Text vergessen.“

„Macht nichts“, meinte der Weihnachtsmann, „wenn du weiterhin viel Milch gibst, bekommst du nun dein Geschenk.“ Die Kuh versprachs und der Weihnachtsmann legte ihr eine Kette um den Hals, an der ein Kofferradio hing. „Wie schön“, sagte sie, „da kann ich jetzt im Stall endlich hören, was im Rest der Welt passiert, und wie freue ich mich auf die Geschichten aus dem Radio. Da soll noch einer dumme Kuh sagen.“ Nun waren Hahn und Huhn an der Reihe. Sie sangen zweistimmig, was dem Weihnachtsmann gut gefiel, und er erfüllte ihnen deshalb auch ihren Wunsch. Er steckte jedem von ihnen einen goldenen Ring an den Fuß und erklärte sie zu Verlobten.

Eigentlich wäre damit die Bescherung zu Ende gewesen, aber nicht für den Weihnachtsmann. Er bat

Anna und Willi zu sich. Nachdem sie ihm einen Walzer vorgetanzt hatten, bekam Willi einen neuen Rasierapparat und Anna eine große Packung Filzstifte, denn Anna hatte mit Bleistift an den Weihnachtsmann geschrieben. Und so gab er auch seinen Wunsch zu verstehen. Er hat es gern, wenn die Briefe an ihn so bunt wie das Leben sind.

Scherben bringen Glück

Jeder mußte sie einmal nehmen. Dieses Jahr Weihnachten waren wir an der Reihe. Als sie uns auf dem Bahnsteig entdeckte, schwenkte sie ihr Handtäschchen wie ein Lasso über ihrem grauen Lockenkopf und rief mit Sopranstimme: „Hier bin ich, hier ist Tante Else."

Bevor wir sie umarmen konnten, hatte sie mit ihrer Tasche einem Angestellten von der Bahn die Dienstmütze vom Kopf gefegt. „Ojemine", sagte Else und küßte mich vor lauter Verwirrung auf die Nase. Es beruhigte uns ungemein, daß der Zug, mit dem Tante Else gekommen war, weiter fuhr. Sie hatte also diesmal nicht zur Notbremse, statt nach ihrem Mantel, gegriffen.

Mein Mann und ich hakten Else links und rechts unter, als wir die Treppen des Bahnhofgebäudes hinuntergingen. Wir wollten Else ohne Gips über die Festtage bringen und Heiligabend nicht mit ihr in der Notaufnahme unseres Krankenhauses landen. Alle Gefahrenquellen hatten wir zu Hause bereits aus dem Weg geräumt. Die Vasen, die Pyramide und die Weihnachtsgestecke standen in solcher Höhe, daß Else selbst dann, wenn sie aus irgendeinem Grunde Luftsprünge machen sollte, sie nicht mehr erreichen konnte.

Trotzdem fuhr uns seit gestern immer wieder der Schreck in die Glieder, wenn im Radio das Lied erklang „Morgen, Kinder, wird's was geben." Der Weihnachtsbaum war geschmückt. Vorsorglich hatten wir ein Abschleppseil von der Mitte des Stammes zum Griff der Balkontür gelegt. Wenn während des Festes die Tür verschlossen blieb, müßte es ihr unmöglich sein, wieder einmal eine Tanne zum Fallen zu bringen.

Abgesprochen war auch, daß sie auf der Fahrt nach Hause im Auto hinten sitzt. Aber Else bettelte: „Vorne sieht man doch viel mehr." Wir gaben nach, und Elses Augen strahlten wie Tannenbaumlichter. Nach wenigen Minuten Fahrt war sie bei ihrem Lieblingsthema.

Ein Jahr hatte sie um ihren verstorbenen Mann getrauert. Nun zog sie wieder rosa Pullover und weiße Rüschenblusen an und schrieb neuerdings auf Annoncen.

„Ach, Kinder", stöhnte sie, „anständige Männer sind so selten wie eine weiße Weihnacht. Stellt euch vor, da hat doch neulich einer annonciert ‚Gestiefelter Kater sucht vollbusige Katze.' Das kann doch nur ein Ferkel sein oder nicht?" Aber Tante Else versicherte uns auch, daß sie ihre Suche noch nicht aufgegeben hätte, schon gar nicht in der Adventszeit. „Advent heißt doch Ankunft des Erlösers oder nicht?"

Wir kamen gar nicht zum Antworten, denn unser Auto machte schon seit längerer Zeit seltsame Geräusche. Und außerdem gaben uns zwei Kinder durch die Rückscheibe ihres Wagens eigenartige Zeichen. Es sah aus, als ob sie sich bekreuzigen würden, und dann bewegten sie ihre Arme wie fliegende Engel. „Irgend etwas stimmt bei uns nicht", sagte mein Mann. „Ja," meinte Tante Else, „hört sich an, als würden wir gesteinigt werden." Doch dann rief sie plötzlich: „Ojemine" und öffnete während der Fahrt die Autotür. Mein Mann machte eine Vollbremsung. Mein Herz schlug so schnell, wie ich es nur aus meinen frühesten Kindertagen kannte, wenn mich wild flackernde Weihnachtsmannaugen aus einer zerknautschten Larve anstarrten. Der Wagen hinter uns blieb daumennageldick vor unserem stehen. Die Lippen der Fahrerin waren zu einem lautlosen „Oh!" geformt. Die Frau blickte so verstört wie der Porzellanengel, den Tante Else uns vor drei Jahren in vielen Einzelteilen zum Weihnachtsfest geschenkt hatte.

„Mußt doch nicht extra anhalten, wenn ich nur mal kurz den Sicherheitsgurt einhole", sagte Else zu meinem Mann, der die Farbe eines Schneemannes angenommen hatte. Den Rest der Fahrt sprach er kein Wort mehr. Dafür redete Else ohne Pause. „Neulich", sagte sie, „hat ein Kaktus eine Lotusblume gesucht. Klingt ja erst mal gut oder nicht? Aber das war vielleicht einer, dickfleischig, bedürfnislos und unrasiert." Und weil Else noch vor der Wohnungstür klagte, daß die meisten Männer heutzutage keine Manieren mehr haben, versuchte mein Mann, ihr in der Wohnung aus dem Mantel zu helfen. Zuerst sah es noch wie eine kleine Rangelei aus, dann jedoch wie ein Boxkampf. Als er es geschafft hatte, Tante Else von ihrem Mantel zu befreien, rann ihm eine dünne Blutspur von der Nase bis zur Oberlippe. „Ojemine", jammerte Else. Sie hatte nichts dagegen, daß mein Mann sich einen Augenblick hinlegen wollte.

Tante Else und ich tranken allein Kaffee. Ihre mitgebrachten wohlriechenden Pfeffernüsse aßen wir mit Teelöffeln aus Müsslischalen. „Hab mich wohl aus

Versehen im Zug drauf gesetzt“, sagte sie lächelnd. „Stell dir vor“, flüsterte sie mir zu, „da hat doch jetzt einer annonciert ‚Krümelmonster sucht Keks zum Vernaschen‘, da weiß man wenigstens gleich, was einen erwartet.“

Wir diskutierten das nicht aus, weil mein Mann inzwischen wieder unter uns weilte. Aber er war gewiß nicht der Grund, daß Tante Else immer aufgeregter wurde. Mit ihrer Sopranstimme sang sie: „Aber Heidschi Bombeidschi“, und besonders laut war von ihr zu hören „wirst sehen, wie schnell alle Sorgen vergehen …“ Mein Mann und ich trugen das Kaffeegeschirr hinaus und baten Else, sich nicht von der Stelle zu rühren. „Laß dich mal richtig verwöhnen“, sagten wir. „Aber den Abwasch, Kinder, den mach ich nachher“, rief sie uns nach.

Kurz vor 16.00 Uhr wurde Tante Else immer nervöser. Sie nötigte uns regelrecht, das Geschenk, das wir doch ganz bestimmt für sie hätten, rauszurücken. Dann bat sie um einen Plastebeutel und legte ihre Geschenke dazu.

„Was soll das?“ fragten wir. „Gleich kommt der Weihnachtsmann“, antwortete Else. Mein Mann schüttelte den Kopf: „Ganz bestimmt nicht.“

„Ich höre ihn schon“, ließ uns Tante Else wissen und strahlte, als es wenige Minuten danach klingelte.

Mein Mann ging zur Tür und kam mit verdutztem Gesicht und einem Weihnachtsmann zurück. Mit zackigem Schritt ging der Weihnachtsmann auf den geschmückten Baum zu, machte eine Kehrtwende und sagte: „Wir singen: O Tannenbaum.“ Es klang fast wie ein Befehl. Mit einem Tempo, als wäre ein Rudel Wölfe hinter ihm her, sang der sehnig wirkende Alte. Else versuchte ihm mit ihrer Sopranstimme zu folgen. Mein Mann und ich kamen überhaupt nicht hinterher. Unser Lied klang wie ein vielstimmiger Kanon. Der Weihnachtsmann war der erste, der fertig war. „Sehr gut, setzen“, sagte er, nachdem auch mein Mann endlich ausgesungen hatte. Else überreichte ihm den Plastebeutel mit den Geschenken. Und während ich noch überlegte, warum sie den Beutel nicht loslassen wollte, eilte mein Mann ihr zur Hilfe. Er riß den Griff vom Beutel durch, der sich wie eine Schlingpflanze um Elses Ringfinger gelegt hatte. Mit weit ausgestreckten Armen hielt der Weihnachtsmann die Geschenke und las unsere Namen vor. Kaum war der Beutel geleert, wünschte er uns ein frohes Fest. Im Paradeschritt verließ er die Wohnung.

„Das war ja wohl nichts“, sagte Tante Else, „aber vielleicht ist der nächste besser.“ Wir blickten uns entsetzt an. „Kommen etwa noch mehr?“

„Keine Angst, nur noch einer“, tröstete uns Else. Mit Bedauern fügte sie hinzu: „Bei der Vermittlung hatten sie leider nur zwei, die in meinem Alter und außerdem noch alleinstehend sind.“

Eifrig sammelte sie die Geschenke wieder ein, um sie erneut im Plastebeutel verschwinden zu lassen.

Es klingelte. Wir erhofften einen ebenso kurzen Auftritt, aber es kam ganz anders. Der zweite Weihnachtsmann klopfte energisch gegen die Tür. Mit Hilfe von Tante Else schaffte es jeder von uns, ihm ein Gedicht aufzusagen. „Haben sie etwas gegen Schillers Glocke?“ fragte Else schüchtern. „Oh, nein, ganz im Gegenteil“, sagte der Weihnachtsmann. Ich verehre diesen Dichter. Bei den 27 Strophen mußte er Else nur zweimal weiter helfen.

Als er die Geschenke verteilte, hatten wir das Gefühl, er habe sie eigens für uns ausgesucht und verpackt. Von dem Lied, das er anschließend anstimmte, konnten wir zwar nur die erste Strophe, aber es war angenehm, ihm und Else zu lauschen. Nach dem dritten Weihnachtslied fragte mein Mann: „Wollen Sie nicht noch einen Moment Ihren Bart ablegen und ein Gläschen Glühwein mit uns trinken?“

Später brachte Tante Else ihn zur Tür. Als sie wieder hereinkam, leuchteten ihre Wangen. Wie kandierte Äpfel, und auf ihrem rosa Pullover waren außer Glühweinflecken nun auch weiße Wattebarthaarflocken.

Bei leiser Musik packten wir die Geschenke aus. Über Elses Wangen kullerten ein paar Tränen. Das angerauhte Nachthemd, das wir ihr geschenkt hatten, konnte nicht der Grund für diesen Gefühlsausbruch sein, denn sie hatte es noch nicht ausgepackt. Sie hielt einen kleinen Zettel in der Hand und ließ uns strahlend wissen: „Ich hab die Nummer vom Weihnachtsmann.“ Erneut kullerten Tränen.

Laß sie mal einen Moment allein, flüsterte mir mein Mann zu, als Else hinausging. Er legte den Arm um mich und sagte: „Hör mal, die Glocken, aber irgendwie klingen sie in diesem Jahr ganz anders.“

„Das sind nicht die Glocken“, antwortete ich, „das ist Tante Else, die macht – wie sie es versprochen hat – den Abwasch.“

Und wir wünschten beide sehr, daß ihr die Scherben demnächst Glück bringen.

Als Weihnachten ausfallen sollte

Nachdem nun auch das letzte von ihren 17 Kindern aus dem Kellerloch ausgezogen war, wünschte sich die Mäusefrau nichts sehnlicher als ein ganz ruhiges Weihnachtsfest. „Meinetwegen kann Weihnachten auch total ausfallen. Drei Tage schlafen tut uns auch einmal gut“, sagte ihr Mann. Frau Maus fand die Idee genial und warf sogleich den Weihnachtsbaumständer und allen Weihnachtsbaumschmuck aus dem Mauseloch.

Doch am Heiligabend wachten beide schon am frühen Nachmittag auf und konnten kein Auge mehr schließen. „Eigentlich schade“, sagte der Mäusemann, „daß wir keinen Weihnachtsbaum haben.“

„Sei ruhig“, antwortete seine Frau, „wenn Weihnachten ausfallen soll, darf man auch nicht darüber reden.“

„Nicht einmal einen klitzekleinen Baum haben wir“, jammerte der Mäusemann. Seine Frau fand das zwar genauso schlimm, aber sie sagte: „Wer hat denn diese dumme Idee gehabt?“

„Und wer fand sie genial?“ fragte ihr Mann. Sie schlugen sich beide mit den Pfoten an die Stirn und schimpften: „Dumm, dumm, dumm, saudumm waren wir.“

Doch dann hatte der Mäusemann wieder eine Idee. „Wir schleichen uns in die Menschenwohnung und knabbern einen Zweig von ihrem Weihnachtsbaum ab“, schlug er vor. „Du bist ja lebensmüde“, protestierte seine Frau, „jetzt ist es dort so gefährlich wie nie. Sie schmücken ihren Baum und ihr dicker Kater hockt auf dem Sofa.“

Doch der Mäusemann ließ nicht locker. „Ich lenke das Katzenvieh ab, und du sägst so fix wie du kannst.“ Als ihr Mann nicht aufhörte zu drängeln, schnallte sich die Mäusefrau einen Rucksack um. Einen Versuch war die Sache vielleicht wert.

Beide schlichen sich durch die Mauselochtür in die Menschenwohnung. Auf dem Flur war es mucksmäuschenstill. In der Küche war die Menschenmutter mit dem Entenbraten beschäftigt. Der Menschenvater und die Menschenmädchenkinder schmückten in der Wohnstube den Baum. Doch wie befürchtet, thronte auf dem Sofa der dicke Kater.

Auf dem Wohnzimmertisch stand ein großer Teller mit Stollen, von dem sich die Menschenmädchenkinder immer wieder ein Stück in den Mund steckten und zur Freude des Mäusepaares kräftig krümelten. Gerade als die Mäuse zwei Riesenkrümel in ihrem Rucksack verstaut hatten, erspähte sie der Kater mit seinen Adleraugen.

Mit einem Satz sprang er auf den Stollenteller und von dort geradewegs auf das Mäusepaar zu. Das hielt sich in seiner Angst fest umschlungen und hockte wie ein versteinertes Kaninchen mit vier Ohren vor dem Feind im schwarzen Fell. Der Mäusemann nannte den Kater eine dumme Nuß, damit das Tier sich nicht auf seine Frau stürzte, sondern all seine Wut auf ihn richtete. Die Augen des Katers verrieten ihm, daß er mit seiner Strategie genau ins Schwarze getroffen hatte. Der Kater spuckte Gift und Galle. Der Mäusemann gab sich die Sporen und flitzte so schnell um den Tisch, als wäre der Teufel hinter ihm her. Der schwergewichtige Kater war ihm zwar dicht auf den Fersen und hatte sogar einmal seine Schwanzspitze zwischen den Zähnen, aber der Mäusemann konnte sie ihm wieder aus dem Maul reißen und weiter verbissen seine Runden um den Wohnzimmertisch drehen. Und das in einem Affenzahn, den er sich selbst nicht mehr zugetraut hätte.

Während Mäusemann und Kater Kurven schnitten wie Rennfahrer auf dem Nürburgring, drehte sich der Menschenvater um und sagte zu seinen Kindern: „Hört endlich auf, den Kater zu ärgern." Die Menschenmädchen schrien nun: „Hilfe, eine Maus", und retteten sich auf den Wohnzimmertisch. Aus der Küche rief die Menschenmutter sehr ungehalten: „Es ist Heiligabend, da wird sich nicht gezankt."

In dem ganzen mörderischen Krach vernahm der Mäusemann wie ein Glockengeläut die Stimme seiner Frau, die endlich sagte: „Alles Paletti." Sofort nahm er Kurs auf die Mauselochtür. Die Mäusefrau folgte ihm mit hängender Zunge. Kaum hatten sie die Tür hinter sich zugeschlagen, hörten sie, wie der Kater mit seinem dicken Kopf dagegen prallte und fluchte: „Ich krieg euch noch."

Die Mäusefrau legte ihrem Mann sogleich ein Pflaster auf das vom Kater zerfetzte Schwanzende. Dann holte sie aus ihrer Schatztruhe einen Fingerhut, den sie vor langer Zeit einmal aus der Menschenwohnung stibitzt hatte, und stellte dort den prächtigen Zweig hinein. Sie schmückten ihn mit den Haarschleifen, die sie von ihren 17 Kindern noch im Mauseloch fanden. Und Kerzen haben Mäuse ja immer im Haus.

Beim Anblick des geschmückten Weihnachtszweiges wurde ihnen ganz warm ums Herz. Sie holten aus dem Rucksack die Stollenkrümel. „Da haben wir aber Schwein gehabt", jubelte die Mäusefrau, „in jedem Krümel eine dicke, fette Rosine." Sie schmausten fürstlich. „Was braucht man mehr", sagte der Mäusemann.

„Geschenke“, sagte die Mäusefrau und hielt ihm ihre gespitzten Lippen unter die Nase. Da gab es einen dicken Schmatz für sie und sogleich gab sie ihn weiter. Dann sangen sie so viele Lieder, wie sie Kinder haben, und hüpften glücklich in ihr Mäusebettnest.

„Weihnachten fällt nie mehr aus“, sagte der Mäusemann. Zum Dank gab ihm seine Frau noch einen Schmatz und er ihr vor lauter Begeisterung noch einen. Und wenn der dicke Kater nicht irgendwann durch das Schlüsselloch der Mauselochtür gebrüllt hätte: „Nun reicht es aber!“ hätte die Mäuseküsserei sicherlich von einer Weihnacht bis zur nächsten gedauert.

Ich bin der Chef

Noch nie hatte es Heiligabend beim Osterhasen geklingelt. Es mußte schon etwas Ungewöhnliches passiert sein, wenn in dieser Zeit jemand etwas von ihm wollte. Verwundert legte er seinen Krimi zur Seite und griff zum Telefonhörer.

Am anderen Ende piepste ein Spatz: „Sie müssen sofort kommen. Der Weihnachtsmann liegt flach. Kurz nach dem Besuch der 99. Familie hat sich der Ärmste verhoben. Nun liegt er mit Hexenschuß im Bett. Nur eine einzige Familie gilt es noch zu beschenken. Bitte, bitte kommen Sie.“

„Aber, aber“, stotterte der Hase, doch da hatte der Spatz bereits aufgelegt.

Völlig verunsichert hoppelte der Hase los. Schließlich war er keiner, der zu Hause hocken blieb, wenn man seine Hilfe brauchte. Doch auf dem ganzen langen Weg fragte er sich beständig: „Der Alte

wird doch wohl nicht glauben, daß ausgerechnet ich ihn vertrete?"

Im Haus des Weihnachtsmannes empfingen ihn der Spatz und ein alter Ziegenbock. Der Weihnachtsmann strahlte, als er den Hasen erblickte, aber er wurde sogleich todtraurig, als dieser sagte: „Aus einem Osterhasen wird nie ein Weihnachtsmann."

„Oh, doch", rief der Spatz und hängte ihm den viel zu langen Mantel des Weihnachtsmannes über. Er stülpte ihm die rote Bommelmütze über beide Ohren und kürzte in Windeseile mit einer Schere den Mantel. Dann warf der Spatz ihm zehn Paar Weihnachtsmannsocken vor die Füße. Damit müßten dem Hasen auch die großen roten Stiefel passen. Der alte Ziegenbock ließ sich ohne Gemecker den Bart abschneiden und regte sich auch nicht auf, als der Spatz dem Hasen die borstigen Haare anklebte.

„Perfekt", jubelten alle. Nur der Hase ließ die Schultern hängen. „Ich habe noch nie mit einem Menschen gesprochen. Kein Wort kriege ich vor ihnen heraus."

„Es ist gar nicht so schlimm, wie du denkst", tröstete ihn der Weihnachtsmann, „und du mußt doch nur eine einzige Familie bescheren."

„Ich kann es nicht, ich bin zu schüchtern", wimmerte der Hase.

Der Weihnachtsmann überlegte, wie er den Hasen überzeugen konnte. Er wußte, daß dieser sich die lange Zeit von einem Osterfest zum anderen mit dem Lesen von Kriminalromanen, Indianerbüchern und anderen spannenden Geschichten vertrieb. Er blickte dem Hasen tief in die Augen und sagte: „Schade, daß Du Deine Chance vergibst. Einmal im Leben hättest Du der Chef sein können." Der Hase knabberte verlegen an seiner Pfote: „Meinst Du wirklich, daß in mir ein Kommissar oder gar ein Häuptling schlummert?“ Der Weihnachtsmann nickte, und der Spatz jubelte: „Sie haben das Zeug zu beidem.“ Der alte Ziegenbock blöckte: „Es gibt keinen besseren Leithammel als dich.“ Da machte sich der Hase gerade und hoppelte so zackig wie noch nie davon. Unterwegs brabbelte er ständig vor sich hin: „Ich bin der Chef. Alles hört auf mein Kommando.“ Es kribbelte zwar mächtig in seinen Pfoten, die Geschenke unter den Betten und in der Waschmaschine zu verstecken, aber heute wollte er alles anders machen.

„Was bin ich für ein Mordskerl“, dachte er, als er zwei Hunde abgehängt hatte und prustend vor der vom Weihnachtsmann beschriebenen Haustür stand. Er klingelte Sturm und rief: „Sofort öffnen, sonst trete ich die Tür ein.“ Olafs Eltern fanden die Begrüßung zwar sonderbar, aber sie waren heilfroh, daß nach dem stundenlangen Warten doch noch der Weihnachtsmann kam. Sie merkten nicht einmal, daß er viel kleiner war als im letzten Jahr.

Bevor der Osterhase ins Wohnzimmer stürmte, flüsterte ihm die Mutter zu: „Bitte vergessen Sie nicht, meinen Sohn wegen seiner schlechten Noten in Mathe zu ermahnen.“

„Alte Petze“, dachte der Hase, aber laut sagte er: „Hier führe ich die Verhandlungen. Versuchen Sie nicht, mich zu beeinflussen.“

Doch als er ins Wohnzimmer kam, blieb er wie vom Donner gerührt stehen. Was war das für ein prächtig geschmückter Baum. Mit Kugeln, ostereierrund und einem leuchtenden Rot wie von saftigen Möhren. Aber als Oberkommissar durfte er sich keine Gefühle anmerken lassen. Er knallte die Hacken seiner Stiefel zusammen und rief: „Ein Lied, zwo, drei, vier."

Mutter, Vater und Kind standen wie die Orgelpfeifen vor ihm und sangen „Leise rieselt der Schnee". „Anerkennung, meine vollste Anerkennung", sagte der Hase nach dem Lied und winkte sich die Mutter heran. „Sie haben eine bezaubernde Stimme und gerade deshalb sollten Sie in diesem Hause weniger meckern und viel mehr singen."

Dann nahm er sich den Vater vor. „Versuchen Sie ja nicht, mich hinters Licht zu führen. Ich habe genau gemerkt, was los ist." Olafs Vater schaute verlegen auf seine Schuhspitzen. „Sie geben also zu, nicht richtig mitgesungen zu haben", bohrte der Hase nach, „gehe ich richtig in der Annahme, daß Sie an den entscheidenden Stellen keinen Ton von sich gegeben haben und nur scheinheilig Ihre Lippen bewegten?"

„Genauso war es", gestand der Vater, „ich hatte einfach keine Zeit, den Text zu lernen. Die Arbeit frißt mich auf."

„Ja, ja", mischte sich die Mutter ein, „so redet er sich immer raus." Der Hase stemmte seine Pfoten in die Hüfte: „Und Sie, Sie schweigen jetzt. Sie haben schon genug gesagt." Diese Frau brachte ihn völlig aus dem Konzept.

Jetzt war der Junge an der Reihe. Der Hase holte ihn nach vorn. „Und du mein Kind, was hast du zu sagen." Olaf schluckte einmal kurz und rezitierte ohne Fehler ein Gedicht. Vor lauter Begeisterung hätte der Hase sich fast vor dem Jungen verneigt. Es fehlte nicht viel, und er hätte seine Mütze vor dem Kind gezogen und sich dadurch selbst entlarvt.

In letzter Minute gewann der Hase seine Fassung wieder. „Das war gut, mein Junge. Da gibt es nichts zu deuteln. Und gerade wegen dieser exzellenten Leistung erscheint es mir sehr sonderbar, daß du in Mathe ein Versager bist.“ Olaf wurde feuerrot, nicht vor Scham, sondern vor Wut. „Ich steh jetzt fast auf drei, und vorher hatte ich immer nur Vieren“, sagte er dem Weihnachtsmann und blickte ihm gerade ins Gesicht. „Beweise“, forderte der Hase, „es zählen immer nur Beweise.“ Da flitzte Olaf los, um seine Zensurenkartei aus dem Ranzen zu holen.

Auch der Hase war jetzt aufgebracht. Doch bevor er sagen konnte, was Menschen droht, die falsche Aussagen machen, verteidigte sich die Mutter: „Eine Drei in Mathe ist wahrlich nicht lobenswert.“ Der Vater nickte, und dem Hasen platzte der Kragen. „Wenn sie hart erkämpft ist, dann läßt man Gnade walten“, rief er und fügte sehr erregt hinzu: „In diesem Fall läßt es sich nicht umgehen, Sie selbst nach ihren Leistungen im Fach Mathematik zu befragen.“

„Müssen wir uns dazu äußern?“ fragten die Eltern. Erst als der Hase nickte, flüsterten sie ihm ihre Zensuren zu.

Dann kam Olaf und legte seine letzten Noten vor. Der Hase kraulte sich den angeklebten Ziegenbart und erteilte eine Auflage an alle anwesenden Personen. Einmal in der Woche müssen sie gemeinsam Mathe machen, um ihre Dreien zu halten. Erst nachdem die Unterschriften von Vater, Mutter und Sohn vorlagen, erhielten sie ihre Geschenke.

„Frohes Fest“, sagte der Hase. Für ihn war dieser Fall geklärt.

Der letzte Baum

Einmal hatten wir den letzten Baum, oder mit den Worten meiner Mutter gesagt, es war der ALLER-ALLERLETZTE. Vater war einfach zu spät losgegangen.

Als Mutter ihn mit seinem Mitbringsel erblickte, war sie der Meinung, daß es völlig egal wäre, ob wir dieses Ding da oder ihren alten Besen mit einer Lichterkette schmücken würden. Ihre Laune wurde auch nicht besser, nachdem Vater ihr stolz erzählt hatte, daß er das Bäumchen ganz umsonst und obendrein noch einen ganzen Sack zusammengefegter Zweige geschenkt bekommen hat.

Mutter schüttelte sich und sagte: „Das Ding sieht so aus, wie eine ungerupfte Gans schmecken würde." Kopfschüttelnd verschwand sie in der Küche.

Vater legte das platte Bäumchen behutsam auf den Wohnzimmertisch und ernannte mich zu seiner OP-Schwester. Ich reichte ihm Bohrer, Schnitzmesser, Meißel, Schrauben, Klebstoff und Pflaster.

Am späten Nachmittag waren wir mit der Schönheitsoperation fertig. Alle Ersatzteilzweige waren aufgebraucht. Die Schnittstellen hatten wir mit Lametta kaschiert. Keine Spur von braunen Nadeln, sie strahlten im schönsten Grün aus meinem Tuschkasten. Unser Bäumchen hatte sich wie einst Aschenputtel verwandelt. Es streckte so erhaben seine Äste in die Höhe, wie eine Filmdiva ihre Arme zum Himmel richtet, wenn das Premierenpublikum ihr zujubelt. „Na, was sagst Du nun?" fragte Vater mit stolz geschwellter Brust.

„Einmalig“, antwortete Mutter, „so etwas hat keiner auf der ganzen Welt, oder wißt ihr einen Ort, wo Kiefernzweige aus einer Tanne ragen?“

Das große Durcheinander

Als der Weihnachtsmann den riesigen Sack auf den Handwagen gehoben hatte und gerade losziehen wollte, sprang ihm ein Knopf vom roten langen Mantel. „Immer, wenn man es eilig hat", schimpfte er. Weil er befürchtete, daß in jeder Familie die Muttis und Omis laut bemerkten, daß ihm ein Knopf fehlt, beschloß er, ihn sogleich anzunähen und eilte in sein Haus.

Als er zurückkam, schlich der Fuchs um den Handwagen. Das hat nichts Gutes zu bedeuten, dachte der Weihnachtsmann und zählte sogleich die Räder. Alle vier waren da. Noch nachdenklicher wurde er jedoch, als der Fuchs ihm einen unvergeßlich schönen Heiligabend wünschte und ihm grinsend nachwinkte.

Das war heute Abend die letzte Tour für den Weihnachtsmann. Drei Familien mußten noch beschenkt werden. Bei der ersten Familie wäre er gern länger geblieben. Es roch so lieblich nach Kuchen, und das kleine Mädchen, ihr Vati und die Mutti hatten sich so gefreut, als er ihnen die Geschenke übergab. Aber es war schon sehr spät, deshalb verabschiedete er sich schnell und zog mit seinem Handwagen drei Straßen weiter.

Gerade als er an der Haustür der zweiten Familie klopfen wollte, sah er, wie die Mutti, die er gerade erst beschenkt hatte, ihm hinterherlief. „Endlich habe ich dich gefunden", rief sie ihm schon von weitem zu. Als sie vor ihm stand, sagte sie völlig außer Puste: „Bitte, bitte …" Der Weihnachtsmann unterbrach sie sogleich: „Gute Frau, für weitere Weihnachtswünsche ist es nun wirklich zu spät."

„Bitte, bitte“, wiederholte die Frau, „du mußt sofort zurückkommen, sonst ist das ganze Weihnachtsfest verdorben. Wir wissen ja, wie jeder auf der Welt, daß man das, was der Weihnachtsmann nicht persönlich umtauscht, behalten muß, und deshalb mußt du mitkommen, denn mit solchen fürchterlichen Geschenken kann keiner von uns leben.“

„Waaaaas?“ rief der Weihnachtsmann, „so etwas habe ich mein Lebtag noch nicht gehört.“ Da erzählte ihm die Frau, daß ihr Mann ein rosafarbenes, fast durchsichtiges Nachthemd bekommen hätte. „Damit“, sagte sie, „möchte ich ihn nie, nicht einmal zum Fasching sehen. Und mein Geschenk war genauso schlimm. Ich weiß ja, daß ich ein paar Härchen über der Oberlippe habe, aber das ist doch noch lange kein Grund, mir einen Rasierapparat zu schenken. Geheult habe ich, als ich mein Geschenk ausgepackt hatte, und unsere Tochter hat ihr Geschenk ganz wütend in die Ecke geworfen. Das Mädchen kann keiner Fliege etwas zuleide tun. Es würde nie einen Wurm auf einen Haken stecken, und so ein Kind bekommt eine Angel. Das war vielleicht eine Enttäuschung, und was soll mein Mann bloß sagen, wenn er gefragt wird, was er zu Weihnachten bekommen hat.“

„Dieser gemeine Hund“, antwortete der Weihnachtsmann und entschuldigte sich sogleich, als die Frau ihn entsetzt ansah. „Ich meine doch den Fuchs, diesen Teufelsbraten“, sagte er. Nun fiel es ihm wie Schuppen von den Augen. Wütend erzählte er, daß der Fuchs ihm, während er seinen Knopf im Hause angenäht hatte, alle Namensschilder vertauscht hatte. Der Weihnachtsmann ging in die Knie und setzte sich verzweifelt auf den Rand seines Handwagens. „Nun muß ich alle Geschenke noch einmal aufmachen, mit meiner Wunsch- und Namensliste vergleichen und dann alles wieder einpacken. Und das kann dauern. Bei der dritten Familie werde ich wohl erst weit nach Mitternacht sein können. Wer weiß, ob die mich dann noch reinlassen", sagte er unendlich traurig. Doch die Frau bot ihm die Hilfe ihrer Familie an. Ihr Mann und ihre Tochter schauten den Weihnachtsmann zwar ganz böse an, als er kam, aber als sie hörten, was passiert war, begannen sie sofort mit anzupacken. So kamen sie endlich zu ihren richtigen Geschenken, und für die anderen Familien lag alles ordentlich bereit. Als der Weihnachtsmann sich bedankt hatte, flüsterte die Frau ihm noch etwas ins Ohr, verschwand kurz und überreichte ihm ein Päckchen für den Fuchs.

Spät, aber noch nicht zu spät, kam der Weihnachtsmann bei der zweiten und dritten Familie an. Danach machte er sich auf den Weg zum Fuchsbau. Obwohl es da bereits Mitternacht war, rief er: „Komm raus! Ich weiß, daß du alte Nachteule noch nicht pennst, und nun hole dir dein Geschenk ab, von einer Familie, die genau das Gewünschte bekam."

Als der Fuchs das hörte, wurde er stinksauer. Sein Plan war also nicht aufgegangen. Wollte der Weihnachtsmann ihn nur aus dem Bau locken, um ihm mit der Rute eins hinter die Ohren zu geben, oder hatte er wirklich ein Geschenk für ihn?

Die Neugier des Fuchses war größer als seine Angst. Tatsächlich, der Weihnachtsmann stand mit einem Päckchen da. Der Fuchs riß es ihm ohne Dank aus den Händen. Als er es auspackte, kam ein kleiner grüner Jäger aus Gips zum Vorschein. Der Fuchs heulte auf. Diese ihm so verhaßte Gestalt würde er nie mehr loswerden. Denn auch dem Fuchs war bekannt, daß man das, was der Weihnachtsmann nicht persönlich umtauscht, behalten muß. Er biß sich fuchsteufelswild selbst in den Schwanz, und sein lautes Wehgeschrei klang dem erschöpften Weihnachtsmann wie eine schöne Nachtmusik in den Ohren.

Ein einmaliges Menü

Jahraus, jahrein hatte ich zum Weihnachtsfest gekocht. Nachdem die Teller geleert waren, kränkte mich ein „Na ja" oft mehr als konkrete Kritik.

Irgendwann einmal reichte es mir. Ich erklärte die Küche für den 1. Weihnachtstag für mich zum Sperrgebiet. Mein Mann nahm die Herausforderung an. Er kaufte sich mehrere Kochbücher, deren Preis so hoch war, wie die Rechnung einiger Essen in einem Nobelrestaurant.

Am Heiligabend verriet er mir aufgeregt: „Morgen gibt es Ente mit Rotkohl, gebutterte Kartoffeln und Pudding mit Karamelsoße." Er hatte am 1. Weihnachtstag den Tisch fürstlich gedeckt. Die Ente auf dem Goldrandteller von meiner Großmutter sah aus, als hätte sie schon viele Jahre gerupft in einem Solarium gelebt. Nach dem Tranchieren des dunkelhäutigen Tieres blähte sich in seinem Innern ein Plastebeutel, in dem Herz, Leber und Magen blubberten, als wären sie noch sehr lebendig. Der Rotkohl schmeckte, obwohl er die Konsistenz von Spinat aus der Dose hatte. In der Soße tummelten sich Mehlklöße mit bizarren Formen. Dergleichen war meinem Mann zu Silvester beim Bleigießen noch nie gelungen.

Als ich mit der Gabel eine gebutterte Kartoffel auf meinem Teller berührte, verwandelte sie sich in ein Wurfgeschoß. Mit einem Affenzahn zischte der heiße Erdapfel am linken Ohr meines Mannes vorbei.

„Was soll das“, fragte er ruhig, aber doch sehr ungehalten, „willst Du mich umbringen?“

„Sie sind nicht gar“, antwortete ich, „Kartoffeln, die gar sind, fallen nicht mit so einem harten Klang von der gefliesten Wand, sondern sie bleiben für einen Moment kleben und rutschen lautlos hinab.“

„Aha“, sagte mein Mann und aß weiter.

Doch auch seiner gebutterten Kartoffel wurden nach kurzer Berührung mit den Gabelzinken Flügel verliehen. Sie sauste wie eine verzauberte Kugel vom Freischütz über meinen Mittelscheitel hinweg. Ihre Einschlagswucht wurde zwar durch die Küchengardine gebremst, aber ihr derber Aufprall an der Fensterscheibe war noch durch ein lautes Bong zu vernehmen. Dann trudelte sie unversehrt von einem Tischbein zum anderen. Wie eine beschwingte Billardkugel, die das Loch zum Untertauchen sucht.

„Nobody is perfect“, sagte mein Mann gelassen.

Die erste Schicht unter dem dunkelhäutigen Teint der Ente schmeckte auch mit Brot. Nach dem Hauptgang kam die Nachspeise.

Er wird Mandeln verwendet haben, glaubte ich. Doch als es nach dem zweiten Löffel immer noch nicht weihnachtlich schmeckte und es sich immer noch so anhörte, als wären meine Zähne Schiffe, die kleine Eisberge rammten, ging ich der Sache auf den Grund. „Das sind keine Mandeln“, registrierte mir meine feinfühlige Zunge nach dem dritten Löffel, „das sind Eierschalen.“

Die zwar angekündigte, aber nie gelieferte Karamelsoße fand ich später, zusammen mit einer unserer teuersten Pfannen, im Mülleimer. Sie war mit dem Teflonboden eine Verbindung eingegangen, die wohl nicht einmal mehr ein Preßlufthammer hätte lösen können, aber vielleicht für die NASA-Forschung von Interesse gewesen wäre.

„Das war einmalig", sagte ich nach dem Essen zu meinem Mann, ohne mich wie eine Lügnerin zu fühlen. Und er kann sehr froh sein, daß bei mir nicht alle Liebe durch den Magen geht.

Aushilfe durch das Osterhasenpaar

„Ich kenne keinen Hatschi", sagte die Osterhäsin ziemlich verärgert, als sie den Hörer abgenommen hatte. „Aber ich bin es doch, der Weihnachtsmann, hatschi", klang es sehr verschnupft am anderen Ende der Leitung. Die Osterhäsin machte sogleich ein freundliches Gesicht: „Ach, du bist es, mein Guter. Was gibt es Neues?"

„Schreckliches", stöhnte der Weihnachtsmann und mußte, bevor er weiter sprechen konnte, dreimal hintereinander niesen, „ich bin ja so erkältet. Wenn ich mich jetzt nicht sofort hinlege, Tee trinke und schwitze, komme ich Heiligabend gar nicht mehr auf die Beine."

„Na, dann ab ins Bett", sagte die Osterhäsin und erschrak sehr, als der Weihnachtsmann jetzt nicht nur nieste, sondern auch stöhnte: „Geht ja nicht, geht ja verdammt nochmal nicht. Ich muß noch 13 Briefe lesen, die Geschenke besorgen und sie dann auch noch einpacken."

Erst als die Osterhäsin ihm vorschlug, daß der Osterhase und sie ihm diese Arbeit in so einem Notfall ausnahmsweise abnehmen würden, klang er nicht mehr traurig, sondern schniefte mit letzter Kraft: „Das wäre großartig."

So kam es, daß der Osterhase und seine Frau drei Tage vor dem Fest nicht wie sonst immer richtig schön faulenzten, sondern sie schufteten wie die Ameisen und waren fleißig wie die Bienen. Da sie beide wahrlich im Lesen nicht geübt waren, dauerte es eine Ewigkeit bis sie die Wunschzettel studiert hatten. Dreizehn Briefe, das war eine Heidenarbeit. Als sie endlich mühsam jede Zeile entziffert hatten, war es den beiden Hasen immer noch ein Rätsel, was sich die Kinder da eigentlich wünschten.

Ohne den weisen Uhu aus dem Märchenwald, der ihnen geduldig erklärte, was ein „Furby Wolkenbett", ein „Pokemon Rucksack", ein „Funny Circus" und andere sonderbare Sachen sind, hätten sie all die Wünsche nicht erfüllen können. Bis auf einen Wunschzettel waren genau einen Tag vor Heiligabend alle anderen bearbeitet.

Und in diesem letzten Brief stand mit winziger Krickelkrackelschrift geschrieben: „Ich wünsche mir einen schönen Fliegenschmaus." Der Osterhase hielt das Papier so dicht vor seine Augen, daß seine Nase die Buchstaben berührten. „Hier steht tatsächlich Fliegenschmaus", sagte er. Seine Frau konnte auch nichts anderes entziffern und schimpfte: „Ist es nicht schon genug, daß die Kinder sich heutzutage alle etwas wünschen, was unsereins gar nicht kennt, und nun auch noch so eine Schweinerei."

„Wo soll man um diese Jahreszeit Fliegen herbekommen", stöhnte der Osterhase. „Und selbst wenn wir einen ganzen Sack voll hätten", sagte die Osterhäsin, „ich könnte keiner ein Leid antun und nicht eine in die Pfanne hauen."

Mit hängenden Ohren erschienen sie erneut beim weisen Uhu. Der lobte zwar, daß sie dem kranken Weihnachtsmann so unter die Arme griffen, aber nachdem er den letzten Wunschzettel gelesen hatte, legte sich seine Stirn in Falten, und er sagte verärgert: „Schaff dir endlich eine Brille an. Hier steht doch eindeutig, daß sich das Mädchen ein großes Puppenhaus wünscht." Dann schenkte er dem Osterhasen seine Lesebrille und der antwortete: „Tatsächlich, ein Puppenhaus." In letzter Minute gelang es ihnen, mit all den verpackten Geschenken am Heiligabend beim Weihnachtsmann zu sein. Der Weihnachtsmann hatte sich prächtig erholt und dankte seinen Freunden für die Hilfe.

Auf dem Heimweg sagte die Osterhäsin zu ihrem Mann: „Läßt du mich auch einmal durch die Brille sehen." Kaum hatte sie die Brille auf der Nase, rief sie: „Meine Güte, wie unrasiert siehst du aus!" Zu Hause angekommen, beschloß sie, gleich am nächsten Tag ihre Gardinen zu waschen und die Fenster zu putzen. „Ja, meine Liebe", sagte der Osterhase, der allerdings mit seinen Gedanken ganz woanders war.

Er stellte sich nämlich vor, wo er all die Geschenke versteckt hätte, wenn der Weihnachtsmann nicht wieder auf die Beine gekommen wäre. Und während er gerade mit großer Freude daran dachte, wie die Kinder im Garten unter Tannen und Grasbüscheln oder im Haus zwischen Schränken, unter Sesseln, in leeren Waschmaschinen und in Kleiderschränken danach gesucht hätten, sagte seine Frau: „Wie gut, daß der Weihnachtsmann sich erholt hat, denn du hättest doch gewiß nicht die Geschenke den Mädchen und Jungen überreicht."

Der Osterhase nickte und fügte hinzu: „Aber schön versteckt hätte ich die Geschenke." Seine Frau legte den Arm um ihn und sagte: „So soll es auch immer sein, aber nur zu Ostern, denn der Osterhase muß Osterhase bleiben und der Weihnachtsmann Weihnachtsmann."

Gleich danach mußte der Osterhase, obwohl er keinen Schnupfen hatte, dreimal hintereinander niesen, und das zeigte ihm, daß seine Frau wieder einmal recht hatte.

Der grünste Baum

Weiß, ganz weiß sind die Weihnachten meiner Kindheit. Das Haus der Großeltern auf der Insel Rügen trägt immer eine Pudelmütze aus Schnee. So und nicht anders sind meine Erinnerungen.

Die vereisten Flocken knirschten unter den Stiefelsohlen, wenn Großvater und ich in den Wald gingen. Der Hund, der aussah, als wäre er aus sämtlichen Hunderassen des nah gelegenen Dorfes zusammengestrickt, wackelte auf seinen kurzen Dackelbeinen mit hoch aufgestelltem Kringelschwanz eines Spitzes und mit steil aufgerichteten Schäferhundohren vor uns her. Er schien sich nicht ernsthaft zu bemühen, Großvaters Befehl zu befolgen, der da lautete: „Sofortige Meldung, wenn es nach Förster riecht." Die Auswahl unserer Weihnachtstanne zog sich hin.

Großvater übergab mir eine zerknitterte Papiertüte, auf der mit blassen braunen Schriftzügen stand „Verbandsmaterial". Mit Wattebäuschen, Heftpflastern oder

Baumwollbinden, je nachdem, was die Tüte hergab, mußte ich alle Tannen markieren, die Großvater nicht Krücke genannt hatte. Unter den Auserwählten suchte er in mehreren Rundgängen die eine, die so gerade stand wie ein Mann im Sturm, und deren Umfang so mollig rund war wie Großmutters Hüften.

Irgendwann, wenn meine Hände in den Schafwollhandschuhen, meine Füße in den Schafwollsocken und meine Ohren unter der Schafwollmütze kurz vor dem Absterben waren, rief Großvater glücklich wie der Prinz, der endlich den passenden Fuß zum verlorenen Schuh gefunden hatte: „Die ist es." Und dann fidelte er, als hätte er einen Kontrabaß zwischen den Beinen, mit Großmutters schärfstem Küchenmesser ein lautloses Allegro, bis uns die Tanne mit den Gardemaßen zu Füßen lag.

Als wir erschöpft zurückkehrten, schlug Großmutter die Hände über dem Kopf zusammen und stellte fest, daß diese Tanne noch viel schöner und noch viel grüner als der Baum vom Vorjahr sei.

Auch ich empfand das so und schilderte das wahrheitsgetreu in einem Aufsatz, den meine Deutschlehrerin Frau Pingel uns Schülern gleich nach den Weihnachtsferien abverlangt hatte. Mein grüner Baum, der noch grüner als der letzte war, vermehrte die roten Balken am Heftrand so sehr, daß ich, um die Gesamtnote meines Aufsatzes vorzuzeigen, vier Finger einer Hand gebraucht hätte. Ich meldete mich nach der Ausgabe des Aufsatzes zögerlich und gab Frau Pingel zu bedenken, daß nicht nur ich, sondern auch drei erwachsene Menschen, nämlich meine Großmutter und mein Großvater und unser Briefträger, diese Tanne grüner als die letzte empfunden hatten. „Das gibt es nicht“, fuhr mich Frau Pingel an, „grün ist grün, und niemand auf der Welt kann das steigern.“

Von nun an schrieb ich in meinen Aufsätzen nie wieder, wie es Weihnachten wirklich war. Ich erwähnte niemals, daß Großmutter mir verraten hatte, daß unsere Tiere, wenn sie Heiligabend besonders gut zu fressen bekamen, um Mitternacht miteinander redeten. Zu gern hätte ich gewußt, was die Schweine den Kühen erzählen oder die Hühner dem Hahn. „Belauschen darf man sie nicht“, warnte mich Großmutter, „sie erschrecken dann so sehr, daß sie für immer sprachlos sind.“

Und ich hatte, um mir weitere rote Balken am Heftrand zu ersparen, in meinem Aufsatz auch kein Wort zu unserem Weihnachtsmann geschrieben. Rot waren bei ihm nur Nase und Pudelmütze. Sein Mantel war, was die Pingel mir gewiß nicht abgenommen hätte, rabenschwarz.

Er stotterte etwas weniger als der Briefträger und war zu mir sehr nett. Es reichte ihm bereits eine Strophe eines langen Gedichtes, und schon bekam ich alle meine Geschenke. Großvater nahm er sich ganz anders vor, der mußte Stellung nehmen, weshalb er den Hochzeitstag wieder einmal vergessen hatte, und schwören, daß er in dieser Nacht der Weihnachtsgans nicht wieder einen gebratenen Flügel stehlen würde. Und als der Weihnachtsmann fragte, ob Großvater zum Fällen der Tanne etwa Großmutters bestes Küchenmesser benutzt hatte, rief ich voller Verzweiflung: „Opa, ich habe nicht gepetzt.“

Großvater strich mir über die Wange und sagte gereizt: „Laß mal, Kind. Ich weiß längst, wer dem Weihnachtsmann solche Dinge in die Ohren tutet.“ Von meinen Verfehlungen im Laufe des Jahres schien der

Weihnachtsmann keinen blassen Schimmer zu haben, denn im Gegensatz zum Großvater bekam ich nie etwas mit der Rute. Aber noch lieber als zu mir war der Weihnachtsmann zu Großmutter. Er zählte alle ihre guten Taten auf, ließ sich von ihr mehrere Gedichte aufsagen und nahm sie dafür jedesmal in die Arme. Als er sie nach dem dritten Gedicht auf die Stirn küßte, sagte Großvater: „Nun reicht es, Gustav". Ich war sehr froh, endlich einmal den Vornamen des Weihnachtsmannes zu hören, aber in meinem Aufsatz habe ich ihn nicht notiert, denn Frau Pingel behauptete, daß Weihnachtsmänner weder einen Vor-, noch Nachnamen haben.

Und in den Geschichten, die sie uns in den letzten Stunden vor den Weihnachtsferien vorlas, wurde immer lieblich gesungen. Bei uns ließen die Großeltern die Leute aus dem Radio singen und spielten gleich nach der Bescherung Skat. Denn jedesmal, nachdem der Weihnachtsmann gegangen war, kam kurz darauf der Briefträger ganz zufällig bei uns vorbei. „Nein, so eine Überraschung", rief die Großmutter, und der Großvater brubbelte „Ja, ja" vor sich hin. Großmutter raffte die bestickte Decke vom runden Tisch, und Großvater füllte drei Gläser mit Korn, während der Briefträger die Karten mischte und uns allen „Frohe Weihnacht" wünschte. Und während ich meine Geschenke auspackte, mit Genuß zwei Schokoladenweihnachtsmännern den Kopf abbiß und Theaterstücke in der nagelneuen Puppenstube aufführte, hörte ich vom runden Tisch die Fäuste von Großvater, Großmutter und vom Briefträger lieblich auf den Tisch trommeln, und dazu klimperten die winzigen Berge aus silberfarbenen Pfennigen. „Darfst dir noch eine Apfelsine holen“, sagte Großmutter. Ich genoß es, die Nase in das Päckchen zu stecken, das Tante Elsbeth aus Lübeck geschickt hatte.

Nichts duftete Weihnachten so lieblich wie der Schuhkarton von Tante Elsbeth, in dem Orangen, Backpulver, Kaffee und Seife nebeneinander lagen. Und dieser einmalige Duft überführte Großmutter auch der Lüge. Ich glaubte ihr nicht, wenn sie mir einen Tag vor dem Fest vorjammerte, diesmal hat Tante Elsbeth gar nix geschickt. Ich hatte den Duft längst erschnüffelt und hätte mit Sicherheit sagen können, in welcher Kommode er diesmal versteckt war.

In der Nacht des Heiligabend schlief es sich gut im klammen schweren Federbett, weil mein Schlafanzug zuvor in der Ofenröhre kräftig gewärmt wurde, und es duftete noch immer im ganzen Haus nach Bratäpfeln, Tannengrün und dem Schuhkarton von Tante Elsbeth.

Und ich träumte himmlisch:

Mit beiden Fäusten trommelte der Weihnachtsmann an Frau Pingels Tür. Er trug kurze Hosen, einen schwarzen Zylinder und überreichte ihr einen riesigen Umschlag.

„Ein Geschenk für mich?“ fragte Frau Pingel begeistert. Der Weihnachtsmann nickte und sagte: „Das ist ein Aufsatz von einem Kind mit dem grünsten Tannenbaum von der ganzen Welt.“ Sie mußte ihn lesen, nachdem er ihr alle ihre Rotstifte abgenommen hatte, und dann ließ der Weihnachtsmann Frau Pingel ganz eiskalt stehen.

Mamas Verwandlung

Immer kurz vor Weihnachten verwandelte sich Mama in ein sonderbares Wesen. Sie versteckte ihre schönen Locken unter einem Kopftuch, aus ihren Schürzentaschen hingen lauter Lappen heraus, und man sah sie nur mit einem Besen oder Schrubber in der Hand. „Deine Mama ist mal wieder ein richtig schlimmer Putzteufel“, sagte Papa. Ich konnte das nur bestätigen.

Plötzlich mußten alle Blumentöpfe unter die Dusche, die Fensterscheiben poliert und die Teppiche geschrubbt werden. Papa wurde in den Keller geschickt, um die Leiter zu holen, damit Mama auch noch auf den Deckenlampen den Staub beseitigen konnte. Oft verschwand sie in allen möglichen von ihr ausgeräumten Schränken, um in ihnen feucht zu wischen.

Mama machte, wenn sie zum Putzteufel wurde, auch vor meinem Zimmer nicht halt. Wenn ich nicht aufpaßte, vernichtete sie meine schönsten Radiergummis, die zwar sehr klein, aber einmalig tätowiert waren. Was habe ich reden müssen, um Mama klar zu machen, daß sie keine stinkenden Lumpen in der Hand hielt, sondern eine Seeräuberflagge und eine Seeräuberaugenbinde. Es brauchte auch einige Zeit, bis ich ihr klar machen konnte, daß meine Hosentaschen keine Müllhalden, sondern Schatztruhen sind. Und als sie in meinen Schrank spähte, wollte sie in Ohnmacht fallen. Ist sie aber nicht. Sie hat die Hände in die Hüften gestemmt und mich den größten Möhlheini auf Erden genannt.

Aber so richtig geärgert habe ich mich über Mama eigentlich erst, als Papa und ich den Weihnachtsbaum geschmückt hatten. Da kam Mama doch tatsächlich an und hängte einige Kugeln um. „Das geht ja nun zu weit“, sagte Papa, und ich hätte ihm gern laut zugestimmt. Doch Mama tat so, als wären wir Luft für sie. Bevor sie den Kugeln einen neuen Platz gab, hauchte sie die Kugeln an und polierte sie mit einem ihrer vielen Lappen. Und von dem ganzen Gehauche und Geputze ist Mama dann wohl plötzlich so müde geworden, daß sie im Sessel eingeschlafen ist. Als sie ganz schön laut schnarchte, hat Papa sie geweckt und gesagt: „Na, mein kleiner Putzteufel, nun hast du Weihnachten verpennt.“

Mama riß die Augen auf und rief ganz erschrocken: „Was, ich habe den Weihnachtsmann verschlafen?“ Sie war plötzlich ganz traurig, weil sie sich das ganze Jahr auf das Singen mit dem Weihnachtsmann gefreut hatte. Papa hielt nämlich wie ich gar nichts vom Singen. Außerdem war der Weihnachtsmann immer ganz wild auf den Kuchen, den Mama gebacken hatte. Obwohl er wie ein Weltmeister krümelte, hatte er jedes Jahr behauptet: „Bei ihnen kann man glatt vom Fußboden essen.“ Solche Worte ließen Mamas Augen leuchten.

Doch jetzt waren sie ganz naß. Als Papa sah, daß dicke Tränen von ihren Wangen liefen, beichtete er sogleich, daß er sie nur etwas erschrecken wollte. Und er nannte Mama nun auch nicht mehr einen Putzteufel, sondern legte den Arm um sie und sagte: „Keine Angst, meine kleine Putzfee, der Weihnachtsmann kommt noch.“

Mama riß sich in Windeseile das bunte Tuch vom Kopf, so daß man endlich wieder ihre schönen Locken sehen konnte. Sie band sich die Schürze ab und war wohl noch so durcheinander, daß sie ihre vielen Lappen nicht ordentlich zusammenfaltete, sondern sie so in den Schrank pfefferte, wie ich es nicht besser gekonnt hätte.

Sie schaffte es gerade noch, ihre Haare zu bürsten und ihre Lippen anzumalen, da klopfte es wie jedes Jahr, und der Weihnachtsmann kam tatsächlich. Nachdem er mit Mama gesungen hatte, fragte er sie, was sie sich für das nächste Jahr an guten Dingen vorgenommen hätte.

„Nun ja", antwortete sie, „vielleicht sollte ich es mit dem Weihnachtsputz nicht mehr ganz so sehr übertreiben. Schließlich möchte man noch hellwach sein, wenn der Weihnachtsmann kommt." Der Weihnachtsmann klatschte Beifall und sagte: „Ach, das klingt wie Musik in meinen Ohren. Unsereins möchte schließlich auch beachtet werden."

Mama rannte in die Küche und holte ihren Kuchen herein. Als der Weihnachtsmann uns die Geschenke gegeben hatte, aß er drei Stück Kuchen hintereinander. Nachdem er wieder richtig schön gekrümelt hatte, schlug er vor, noch ein Lied zum Abschied zu singen. Mama strahlte, und sie sang so schön, daß Papa sagte: „Manchmal ist deine Mama ein richtiger Engel." Und ich konnte Papa nur zustimmen.

Gespensterweihnachten

„Es wird Zeit“, sagte der Gespenstervater zu seinen Söhnen Huhu und Bubu, „daß ihr euch endlich einmal in die Schlafzimmer schleicht, um die Menschen zu erschrecken. Unsereins schafft das auch nicht mehr allein.“

Doch die Jungs hatten überhaupt keine Lust dazu. Sie saßen viel lieber in ihrem Keller und spielten Karten oder lasen Gruselgeschichten. „Wenigstens einmal die Woche könntet ihr euren Hintern hochkriegen“, schimpfte die Gespenstermutter und schickte sie in den 1. Stock des Hauses zu einem besonders ängstlichen Geschwisterpaar.

„Kurzer Weg und leichte Arbeit“, sagte die Gespenstermutter, „und nun ab mit euch.“

Widerwillig schwebten Huhu und Bubu nach oben.

Gespannt erwarteten die Eltern sie nach ihrem Ausflug. „Na, haben die Menschenkinder schön gebibbert“, wollte der Vater wissen. „Haben ihre Zähne laut geklappert?“ fragte die Mutter.

Die Gespensterkinder trauten sich gar nicht zu erzählen, was passiert war. Erst als der Vater drohte, ihnen die Karten und die Gruselgeschichtenbücher wegzunehmen, rückten sie mit der Wahrheit heraus. „Die da oben haben so etwas Spannendes erzählt, daß wir uns überhaupt nicht bemerkbar gemacht haben.“

„Wie unehrenhaft für ein Gespenst“, rief der Vater. „Was haben sich Menschenkinder schon Spannendes zu erzählen, die hocken doch den ganzen Tag in der Schule“, meinte die Mutter.

Doch dann berichteten Huhu und Bubu, daß die beiden von einem geheimnisvollen Mann erzählt hatten, der einmal im Jahr an einem ganz bestimmten Tag mit einer großen Überraschung zu allen Kindern kommt. „Ach“, winkte der Vater ab, „die meinen doch den Weihnachtsmann, und es ist eine Schande, daß ihr bei dem Geplapper über ihn eure Pflichten vergessen habt.“ Doch die Gespensterkinder waren völlig aus dem Häuschen.

„Wenn der Weihnachtsmann zu allen Kindern kommt, warum dann nicht zu uns? Wir sind doch auch Kinder. Zu uns soll er auch kommen.“ Und sie hörten nicht auf zu betteln. „Ruhe“, rief der Vater. „Aber so unrecht haben sie gar nicht“, sagte die Mutter.

Erst als Huhu und Bubu versprachen, regelmäßig gespenstern zu gehen, wenn der Weihnachtsmann zu ihnen kommen würde, schrieb der Vater einen Brief an ihn.

„Lieber Weihnachtsmann,

Du kannst Dich ruhig über diese Post erschrecken, das habe ich nämlich gern, weil ich ein Gespenst bin. Unsere Jungs sind stinkendfaul. Meine Frau und ich hoffen sehr, daß sich das nach einem Besuch von Dir ändern wird. Du kannst den Bengels auch ruhig was hinter die Löffel geben, Hauptsache, Du kommst.“

„Klingt ja nicht sehr einladend, dein Brief“, meinte die Gespenstermutter und setzte noch darunter: „Bitte komm, auch unsere Kinder sind schließlich Kinder und haben ein Recht auf den Weihnachtsmann.“

Mehr noch als Huhu und Bubu waren die Eltern am Heiligabend aufgeregt. Ob der Weihnachtsmann wohl wirklich zu ihnen in den Keller kommen würde? Weit nach Mitternacht, wenn die Gespenster immer am muntersten sind, klopfte es so laut an ihrer Tür, daß sich alle gewaltig erschreckten.

Der ganze Kellerraum war mit brennenden Kerzen vollgestellt. „Sehr schön", sagte der Weihnachtsmann, „aber im nächsten Jahr könnt ihr ruhig noch einen Tannenbaum aufstellen." Dann bat er die Jungs zu sich und fragte:

„Na, gespenstert ihr auch immer schön?"

„Noch nicht so richtig", gaben die beiden zu. „In eurem Alter kann man den Eltern schon etwas unter die Arme greifen", sagte der Weihnachtsmann, „und ich finde auch, daß ein richtig gutes Gespensterkind ein Menschenkind nicht allzu gewaltig erschrecken sollte. Und wenn das Menschenkind sich wünscht, daß ihr verschwindet, solltet ihr unbedingt darauf hören, denn Wünsche sollten immer erfüllt werden, und außerdem wollt ihr doch nette Gespenster sein."

„Das sehe ich aber ganz anders", sagte der Vater. Doch als seine Frau ihm heftig in die Seite stieß und ihm zuzischte: „Verdammt noch mal, du mit deinem Dickschädel, hör auch mal auf andere", war er plötzlich ganz still.

Der Weihnachtsmann strich den Jungs über ihre Köpfe und sagte: „Wenn ihr mir jetzt noch ein Lied singt, bekommt jeder von euch ein dickes Buch mit Gruselgeschichten."

„Gespensterkinder können nicht singen", rief der Vater dazwischen. „Und ob sie das können", sagte der Weihnachtsmann. Nachdem er eine ganze Stunde mit Huhu und Bubu geübt hatte, sangen sie ihm und den Eltern ein Weihnachtslied vor. Und als der Weihnachtsmann gegangen war, bat der Vater sehr freundlich darum, daß sie es noch einmal singen.

Am nächsten Morgen stellten die Menschen in den Wohnungen über dem Keller fest, daß es ein ganz besonderer Heiligabend war, denn alle hatten spät in der Nacht ein sonderbares Lied vernommen. Niemand konnte so recht sagen, woher es kam. Es klang ein bißchen gespenstisch, aber dennoch sehr schön.

Die 13. Fee

Oh, wie taten dem Weihnachtsmann die Beine weh. Der Weg durch den Märchenwald zu seinem kleinen Haus kam ihm heute dreimal so lang vor. Am liebsten hätte er seine schweren Stiefel auf die nächste Tanne geschmissen und wäre auf Socken weiter gelaufen. Aber er war sich nicht sicher, ob ihn nicht aus irgend einem Erdloch das Rumpelstilzchen beobachtete und ihm gleich zurief: „Sieh an, da humpelt der dumme Alte, hat den ganzen Abend wieder einmal fremde Gören beschenkt, und was hat er davon? Nur Blasen an den Hacken."

Nein, diese Schadenfreude gönnte der Weihnachtsmann dem Giftzwerg nicht. So sehr viel mehr Kinder als im letzten Jahr hatte er am heutigen Heiligabend gar nicht beschenken müssen, aber der Weihnachtsmann war eben auch nicht mehr der Jüngste. Je älter er wurde, um so öfter dachte er daran, wie schön es doch wäre, wenn ihn nach so einem anstrengenden Tag jemand zu Hause erwarten würde.

„Ach, wie mich das nervt", brubbelte er in seinen Bart, „jetzt noch den Ofen heizen, den Tannenbaum schmücken." Hunger hatte er auch, und seine Laune wurde noch schlechter, als ihm einfiel, daß er nur noch ein Stückchen trockenen Stollen im Schrank hatte.

Laut stöhnend zog er durch den Wald und war sehr verwundert, als er sah, daß in seinem Haus Licht brannte.

Vielleicht sind der Osterhase und seine Frau gekommen, hoffte er, die haben ja um die Weihnachtszeit immer Langeweile. Wenn die beiden da waren, mußte er wenigstens keine Selbstgespräche führen.

Aber es war nicht das Paar, das ihn begrüßte, sondern eine Frau, die er noch nie gesehen hatte. Sie trug ein dunkelblaues Kleid und hatte ihr langes silberfarbenes Haar zu einem Knoten gebunden. „Schön, daß du endlich da bist“, sagte sie. „Wer? Wie? Wo? Was?“ antwortete der Weihnachtsmann und blickte sich verwundert um. Die fremde Frau schien wirklich ihn zu meinen, und er war tatsächlich in seinem Haus, in dem es erstaunlich warm war. Hatte sie etwa schon Holz in den Ofen getan, und was wollte sie hier? Sie schien seine Gedanken erraten zu können und sagte: „So alt bist du doch nun auch noch nicht, daß du schon deinen eigenen Weihnachtswunsch vergißt.“ Der Weihnachtsmann erinnerte sich plötzlich. Genau vor drei Tagen hatte er ganz laut zu sich selbst gesagt: „Wenn ich nur Heiligabend nicht wieder allein wäre. Von mir aus könnte sogar die 13. Fee kommen.“

„Du bist es wirklich“, rief der Weihnachtsmann, „aber laß mich ja nicht 100 Jahre verschlafen.“

„Unsinn“, sagte die 13. Fee ärgerlich, „so etwas mache ich nur, wenn man mich, bloß weil die Teller nicht reichen, einfach nicht einlädt; aber du wolltest mich ja haben, und außerdem wurde ich als junge Fee viel schneller sauer. Mit dem Alter hat sich das gelegt. Dornröschen hat mir übrigens längst verziehen. Ich bin sogar die Patentante von ihrem 13. Enkelkind, und eigentlich bin ich so wie alle Feen und möchte nur Gutes tun.“

Die Zweifel des Weihnachtsmannes verflogen sofort, als er mit der Fee ins Wohnzimmer kam. „Donnerwetter“, sagte er beim Anblick des Weihnachtsbaumes. So etwas hatte er seit Ewigkeiten nicht mehr in seiner Stube gesehen. Den Baum mit mehr als drei Kugeln zu schmücken, fehlte es ihm schon seit Jahren an Kraft. Nach den vielen Bescherungen war er so erschöpft, daß er wahrlich nicht mehr auf eine Leiter steigen konnte. So blieb die Weihnachtsbaumspitze in der letzten Zeit immer ganz nackt.

„Ein Traum von einem Baum", flüsterte der Weihnachtsmann der 13. Fee zu. Dann konnte er gar nichts mehr sagen, denn beim Anblick von Kartoffelsalat und Würstchen lief ihm so gewaltig das Wasser im Munde zusammen, daß er nur noch schluckte. Zum Nachtisch aßen beide duftende, mit Zucker bestreute Äpfel, aber als die Fee sagte: „Jetzt gibt es noch was ganz Feines, nur für dich", rief der Weihnachtsmann: „Nein, Hilfe, ich platze!" Aber dann nahm er doch an, was die Fee ihm gebracht hatte. Es war eine große Schüssel mit wohlriechendem Wasser für seine müden Beine. Je länger er sie badete, um so munterer wurde er. Zufrieden sagte der Weihnachtsmann: „Geht mir das gut." Die 13. Fee nickte und war ganz seiner Meinung. Dann setzten sie sich auf die Couch und schliefen, nachdem sie lange erzählt hatten, gegen Morgen Arm in Arm ein.

Gegen Mittag machte die Fee das Frühstück, der Weihnachtsmann fegte Schnee vor dem Haus und hörte, wie das Rumpelstilzchen aus einem Erdloch brüllte: „Was hat sie nur gemacht, die langhaarige Hexe? Das alte Humpelbein ist wieder richtig jung geworden. Alle Hoffnung, daß er es nicht mehr schafft, die Kinder zu beschenken, hat sie zerschlagen. Wie schrecklich, wie verdammt grauenhaft schrecklich, daß das auch im nächsten Jahr kein Ende hat."

Jahresende

Das alte Jahr bekommt
noch einmal Farbe in's Gesicht.
Aus tausend müden Fensteraugen
perlt ein ungewohntes Licht.
Das alte Jahr gleicht
einer langen Sommernacht,
in der Johanniswürmchen glühen.
Es ist, als ob die Sterne
statt am Himmel auf der Erde blühen.
Sie lauschen unserem Abschiedslied,
dem Dank und auch der Klage.
Ihr Leuchten macht uns hungrig
auf all die neuen Tage.

Ditte Clemens

- 1952 in einem Altweibersommer auf der Insel Rügen geboren
- nach der Schulzeit in Rostock Mathematik-Physik-Studium an der Hochschule Güstrow
- 1978 Promotion zum Dr. paed.
- 16 Jahre Lehrtätigkeit (Mathematik)
- nach Schließung der Hochschule freischaffende Tätigkeit als Schriftstellerin und freie Journalistin
- von Ditte Clemens wurden Biografien, Erzählungen, Kinderreiseführer sowie Kindergeschichten für Fernsehen und Funk veröffentlicht.

Jürgen Mania

- 1930 in Berlin geboren
- nach dem Besuch der Fachschule für Gebrauchsgrafik in Berlin Zeichenlehrer an einer Zentralschule in seiner brandenburgischen Heimat
- seit 1965 in Güstrow lebend
- mehrere Tätigkeiten in Werbebranchen und Theatern
- nebenberuflich freies grafisches Schaffen